貓頭鷹的預言

作者◎陳正治　繪圖◎林傳

目錄

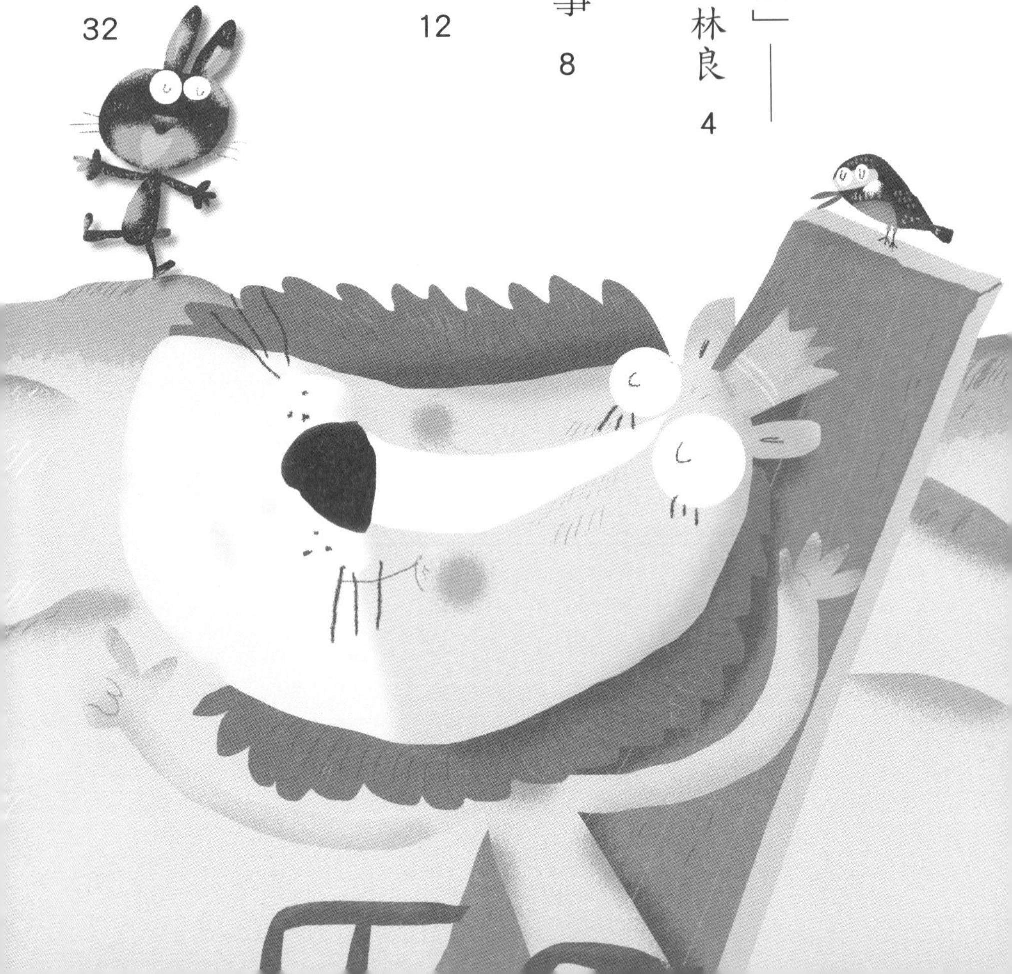

推薦序◎林良（兒童文學家）

值得一讀的「理性童話」——我讀《貓頭鷹的預言》

每篇童話裡都有一個故事，這個故事發生在「動物王國」。這個王國跟人類的王國一樣，有國王，有大臣，有老百姓。所不同的是，故事裡的國王、大臣、老百姓，都是動物。真有這麼一個地方嗎？有，童話裡就有。

這篇童話的作者陳正治先生，是一個有趣的人，跟他所寫的童話同樣有趣。

他是一位大學教授，在中文系教書，教的都是大學生。他帶領學生研究「文字學」、「修辭學」、「語文教材」、「語文教學法」。有趣的是，除了在大學裡教書，他也很喜歡兒童文學，喜歡各種年齡層的小孩子。因為這個緣故，他所寫的書當中，有許多是為少年、兒童讀者寫的，包括童話和兒歌。許多家長，許多國小、國中老師，都知道這位大學教授同時也是一位兒童文學作家，因此稱呼他是「喜歡為孩子寫書的大學教授」。這本《貓頭鷹的預言》，就是他為少年讀者寫的作品之一。

在這本童話裡，貓頭鷹是動物王國裡的「氣象官」。他幫國王觀察氣象的變化以及太空中各種星球的動態。有一天，他好像發現了太空中有什麼重大的事情就要發生，趕緊握筆寫下「動物王國今年九月九日下午兩點天地大變」。哪裡知道寫到這

裡，他忽然中風。筆從他的手上掉落，他不但不能再寫，也不能說話，成為一個「植物人」。

動物王國的動物們聽到這個消息，大家都很驚慌，不知道怎麼去因應。他們都不知道什麼是「天地大變」，不過都猜想那一定不會是小事，更不會是好事。

氣象官貓頭鷹那句話寫得太含混，現在又成了植物人，不能再多說一句話，大家只好靠「猜測」來處理問題。有的認為「天地大變」就是「天崩地裂」，所以主張快速移民，到遠方去避禍。有的又猜想，「天地大變」指的是全世界的毀滅，誰又能逃出這個賴以生存的世界？

人心惶惶，全國不安。有的動物主張要虔誠禱告，吟唱頌歌來安定民心。有的動物因為害怕，變得消極悲觀，不知所措。更有一些壞動物，利用這時機出來行騙，趁火打劫，大賺不義之財。為這一切忙得焦頭爛額的國王，也不知道應該怎麼辨才好。

童話一向是以令人驚異的情節變化吸引讀者。讀者是被動的、被帶領的。作者像導遊，讀者像遊客。這篇童話卻一再的逼使讀者去思考，不知不覺的把動物王國面臨的問題攬到自己的身上來。一向總是處在被動地位的童話讀者，有逐漸轉變為主動的趨勢。因此，我把這本能不斷促使讀者進入思考的童話，叫作「理性童話」。它不是感性的、幻想的，所以特別值得少年讀者一讀。

尤其有味的是，作者在這本童話的篇首，拋出了一個「小說寫作」的策略。他提出的「天地大變」，特別能引起讀者的好奇。它像一個「餌」，使這本童話產生了無法擺脫的吸引力。為了想知道「天地大變」是什麼景象，讀者必須不停息的往下閱讀，也因此順利的讀完全篇。

「預言」總是聳人聽聞的，但是必須有根據。沒有根據的預言不可以輕信。也許，這正是作者想對讀者說的吧。希望少年讀者讀了，也能有自己的領悟。

自序◎陳正治

來自災難謠言的童話故事

我喜歡為兒童寫作。一九六七年讀臺南師專的時候，就為兒童寫作童話，並跟黃基博、傅林統等十多位國小老師、校長合著一本《花神》的兒童文學作品集。其後一邊在國小教書，一邊在大學進修。這段時間也陸陸續續的寫了幾篇童話。這些作品後來收錄於《小猴子找快樂》的童話集裡，由國語日報社出版。

一九七七年我進入臺北市立女子師專（前臺北市立教育大學）服務，前面幾年，也為兒童寫了一些兒童讀物，例如現在由國語日報出版的《有趣的中國文

字》、《陳正治作文引導》、親親出版社的《兒歌ㄅㄆㄇ》、天衛文化圖書公司的《聰明小童話》都是那時候的作品。

師專改為師院，後來又改為大學，升等和學術壓力很重。擔任教職的我，埋頭於研究學術、教學和輔導，便少為兒童寫作。最近幾年我退休了，沒有寫作論文的壓力，只剩幾堂兼課和指導研究生。自己的時間充裕了，好友臺東大學兒童文學研究所的林文寶教授便對我說：「是不是可以為兒童再寫童話、兒童小說呢？」名作家管家琪小姐也對我說：「在大學裡教兒童文學，能執筆寫作兒童文學作品的教授不多。你能教能寫，可以多為兒童寫作。」兩位好意的指教，令我銘記於心。

前年的教師節起，我進臺大醫院洗腎。洗腎時躺在病床上四小時多，血壓忽高忽低，雖然困擾著我，但是最令我難受的是不方便看書。後來我想到一個解決的辦法，何不利用這四個小時來構思故事呢？於是我在病床上構思故事，優游在美麗的童話世界，忘了洗腎的痛苦。這一年多來，我在病床上已寫出幾本書來，如幼獅公司出版的《詩的祕密》、《老鷹爸爸》、《新猴王》及這本《貓頭鷹的預言》。

《貓頭鷹的預言》靈感源自於報上、電視裡炒得火熱的一則新聞。一位從事風水工作的王老師提出預言，自稱從《易經》裡卜卦出某月某日將有一場大地震。相信這個預言的人很多，於是他在某空地上安置了許多貨櫃，並存放糧食和水，供信徒避難。預言大地震的日子到了，沒想到卻平靜無事。有人罵他妖言惑眾，有人希望政府處罰他。

這是個好題材。要怎樣把這個題材寫成故事給兒童看呢？我就構思出《貓頭鷹的預言》童話來。故事敘述有一天，動物王國的氣象官貓頭鷹阿睿提出「動物王國今年九月九日下午兩點天地大變」的預言。動物王國從獅大王起，到全體子民，都為了這個預言不安得騷動起來。在等待的時間裡，顯露了「人性」。大部分的動物都想辦法要脫離災難，但是有少部分動物卻利用這個機會詐騙、發財。九月九日下午兩點到了，結果如何？貓頭鷹阿睿說得有理嗎？獅大王如何處理？大家從這件事裡得到什麼啟示？這是故事裡的重點。

童話是給兒童看、以趣味為主的幻想故事。它是幻象，不是寫實作品。美國兒童文學家亞歷山大說：「所謂寫實主義作品，看去似真實可信，其實是虛假的；而童話幻象，看去似乎滿紙荒唐，其實是真實的。」俄國作家普希金說：「童話是假的，但其中有深意！它可以指引善良的兒童。」希望我的這本童話，除了給兒童快樂，增進兒的童語文力和想像力外，也能指引兒童獲得啟示。

謝謝幼獅的劉淑華總編輯、林泊瑜主編、黃淨閔編輯及其他的工作先生、小姐，為這本書的誕生付出精力和時間，也謝謝為本書精心插畫的林傳宗先生，更謝謝賜序鼓勵我的兒童文學大家長林良老師。

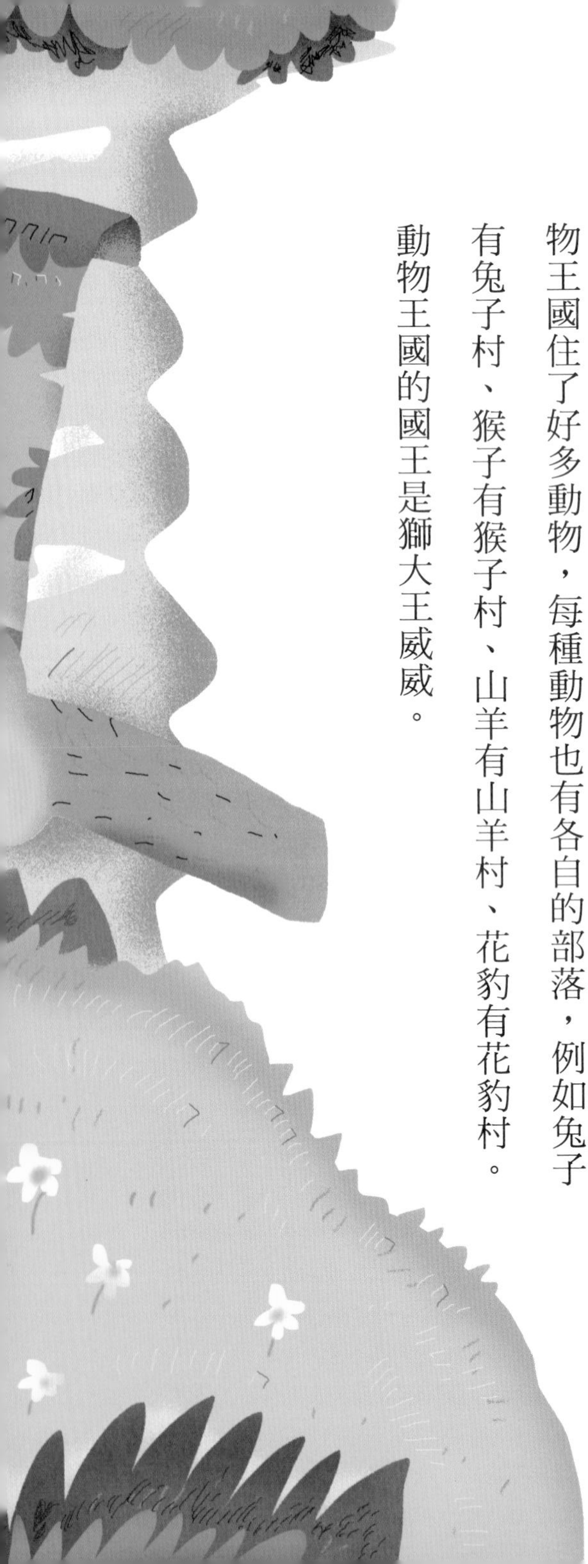

「天地大變」即將降臨

動物王國的幅員很大，有草原、丘陵、高山、河流。動物王國住了好多動物，每種動物也有各自的部落，例如兔子有兔子村、猴子有猴子村、山羊有山羊村、花豹有花豹村。

動物王國的國王是獅大王威威。

有一天早上，獅大王醒來後，室外傳來了激烈的吵雜聲。

「侍衛長，外面為什麼這麼多吵雜聲呢？」獅大王問。

「報告大王，外面聚集了好多群眾，大家都在談『天地大變』的事。」侍衛長狼狗敏敏說。

「天地大變，這是什麼意思？」獅大王又問。

「觀看氣象的氣象官貓頭鷹阿睿，昨天晚上寫了一張紙條，說動物王國今年九月九日下午兩點會遭逢天地大變，然後就突然中風，不會講話，也不會寫字。大家知道後，都一直談論這件事，並想要晉見大王，要請獅大王趕快解決這個大災難的問題。」狼狗敏敏又說。

「你把外面想要晉見我的子民請進來。」獅大王說。

因此，狼狗敏敏把要晉見獅大王的動物們請到王宮裡來。

「報告獅大王，貓頭鷹阿睿預言今年九月九日下午兩點會天地大變，我們大家都很害怕。請問大王，我們要怎麼度過？」兔子跳波先說。

「貓頭鷹阿睿說的『天地大變』，你們認為是什麼意思？」

獅大王問。

動物們聽了獅大王的話，你看我，我看你，想了一陣子後，狐狸阿狡說：「大王，天地大變會不會是指天崩下來，大地裂開，世界毀滅呢？」

「獅大王，我們擔心的天地大變是突然火山爆發。地面的山，忽然從山頂噴出滾燙的岩漿，然後覆蓋大地，把動物燙死。天空都是黑壓壓的火山灰，空氣裡都是刺鼻的毒氣，我們動物可能面臨著世界末日。」灰狼阿冒說。

「貓頭鷹阿睿的話可以相信嗎？」獅大王問。

「那是一定要相信的。上次他說颱風要來三天，果然颱風來了三天才走。」猴子聰聰說。

獅大王聽了說：「今年九月九日離現在只剩半年，傳大象宰相阿旺、各重要幹部及各部落首領，明天一早來開會。」獅大王下了這道緊急命令。

獅大王的噩夢

夜晚，獅大王威威在睡覺，忽然發覺自己來到了一座坪頂上。坪頂下是一片草原和大海。他把眼光從草原移向大海的時候，發現大海慢慢的往後移動，接著露出了一大片海床，海床上停留了好多來不及跟著海水退後的大大小小的魚。

「哇！有新鮮的魚可以吃呢！」獅大王看見海床上劈里啪啦跳躍的魚後，高興得叫起來，接著飛快的往大海的方向跑去。

海床的景色很新奇，平常看不到的珊瑚、海草、海溝、岩石、牡蠣都露出來了。獅大王威威正看得驚奇的時候，退後的海水忽然停住了，接著海水衝向天空，激起好幾丈高的水牆，然後撲向海岸。

「哇！不得了了，不得了了，海嘯來了！」獅大王威威一看，嚇得拔腿就往後跑。

跑哇跑，海水不停的跟在後面。一個大浪衝來，把獅大王捲起來，接著拋向坪頂上。

「救命啊！」獅大王威威一叫，忽然聽到幾聲急促的呼叫聲：「大王，大王，發生什麼事了？」

獅大王威威睜開眼睛，發現左右伺候的侍衛長狼狗敏敏、狐狸阿翔和阿標著急的過來問候。

「我剛才做了噩夢，夢到被海嘯追趕，差點送了性命！」獅大王一邊說，一邊還激烈的喘著氣。

召開緊急會議

獅大王醒來不久，該出席開會的動物都到齊了。獅大王把自己做的噩夢及貓頭鷹阿睿晚上觀看天象的時候，寫了一張「動物王國今年九月九日下午兩點天地大變」的字條就中風的消息，告訴出席的代表，然後說：「各位愛卿，你們認為『天地大變』是什麼意思？」

狐狸阿狡和灰狼阿冒把昨天的意見說了出來，來開會的動物聽了，大家都嚇了一跳，有的動物嚇得大叫說：「那我們不是都會死光光嗎？」

「安靜安靜，天地大變也許不一定像

狐狸阿狡、灰狼阿冒說的那樣慘，說不定是天地變得更好的意思。」大象宰相阿旺出來安撫大家了。

動物代表聽了，心裡較為安心，不過，大家看到獅大王憂心的面孔，又跟著面露恐懼。

「白天我們有太陽，晚上我們有月亮。天地大變會不會是太陽不見，月亮消失，我們都生活在黑暗中？」老鼠阿醫說。

「獅大王，如果老天爺一直下雨，大地到處都

是水，植物沒了，大家都淹死或餓死，這也是天地大變。」松鼠跳跳說。

出席的動物陸續的提出看法，不過大部分都認為天地大變的預言指的是大災難。獅大王聽了大家的意見後說：「各位愛卿，你們有什麼辦法來度過九月九日的『天地大變呢？」

代表們又是你看我，我看你，露出苦惱的樣子。

「獅大王，天地大變，也許是我們得罪了上天，上天要懲罰我們。我建議我們

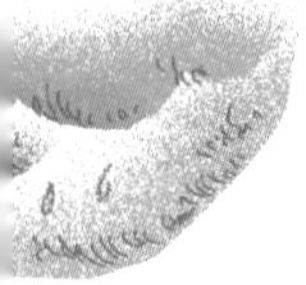

要向上天懺悔、拜拜，請上天放過我們。」山羊咩咩說。

「獅大王，我聽說好幾萬年前，地面上除了有一個叫挪亞的這戶人家是善良的之外，大多是貪婪、自私、做盡了壞事的人或動物。天公要懲罰這些人和動物，想用傾盆大雨淹死大家，不過又擔心挪亞這家人以及動物都滅種，於是要挪亞這家人造大船避難。如果這次天地大變也是天公要用大水毀滅眾生，我們是不是要造大船避難？」白鴿永平說。

「有可能是我們得罪了上天。我們都是上天創造的的子民，上天希望我們互相友愛，可是肉食動物最近幾年濫殺無辜，上天看了動怒，因此乾脆就想毀掉這個世界。我覺得要挽救『天地大變』，不如大家要互相友愛，都吃素，不要吃肉，避免殺戮，讓上天感動，放過我們。」猴子聽聽說。

「不行不行，上天創造動物的時候，就賦予肉食動物可以吃掉那些傻傻的、不健康的、不機警的動物，以免地球上的動物太多，造成混亂。我們這些肉食動物是替上天執行節制動物氾濫的大任務。如果改為素食，大家會營養不良，個個病懨懨的，無法完成上天交給我們的任務。」花豹阿蠻趕緊解釋。

花豹阿蠻說完，好多體型弱小的動物如松鼠、山羊、山豬，都忿忿不平。

獅大王聽了大家的意見後說：「謝謝各位提出的許多意見。各位的意見對不對，本王不做評論。本王現在綜合各位的意見，發出下列的命令：造船的事由各位自己去做。淨化動物心靈的事很重要，我們除了向天公懺悔、禱告、拜拜外，也要向地母拜拜。另外響應天公、地母的慈悲心，我們盡量推行素食運動，每周最少周三、周日兩天吃素。違反命令的，將受最嚴重的處分。」

獅大王做了結論後，宰相大象阿旺說：「報告大王，我們除了祭拜天地及嚴格執行周三、周日不可以吃肉的命令外，是不是要想辦法了解貓頭鷹阿睿為什麼提出這樣的預言？」

「好哇！這件事由你去處理。」獅大王說。

探病

貓頭鷹阿睿跟太太、孩子們住在郊外森林裡的一棵大樹上。

宰相大象阿旺帶著有名的丹頂鶴醫生到了貓頭鷹阿睿的家。

「請問貓頭鷹阿睿的病好了嗎？」阿旺問阿睿的太太。

「還是老樣子。他不會說話，也不會動，好像一棵植物。」阿睿的太太說。

「我帶了獅大王的御醫丹頂鶴來看他。」阿旺說。

丹頂鶴醫生仔細的瞧了瞧貓頭鷹阿睿，發現他臉部泛紅，眼光散亂，氣息微弱，面容枯槁。他按按貓頭鷹阿睿的頭，又摸摸貓頭鷹阿睿的胸說：

「中風，嚴重的中風，恐怕短時間不會好。」

「我先生實在太認真了，當氣象官看天象，每天晚上都盯著天空不放。大概沒休息又太累，因此得了這種重病。」阿睿的太太難過的說。

「你知道你先生寫的『九月九日下午兩點天地大變』是什麼意思嗎？」阿旺問。

「不知道。我先生寫了這句話後就變成植物，不會說話也不會寫字了。」阿睿的太太回答。

大象阿旺得不到答案，說了幾句「請保重」的話後，只好離開貓頭鷹阿睿的家。

陷入恐慌的動物們

動物王國的動物在宰相大象阿旺的指揮下，祭拜過天公和地母後，有的動物心裡較安定了，但是也有一些動物仍然為了世界末日快到來而心慌。

獅大王派了許多特使，到各處看看動物們對預言的反應。特使白馬阿駿回來了，他對獅大王說：

「報告獅大王，您的愛將老虎阿強受傷了，最近不能來為您效勞。」

「怎麼受傷的？」獅大王好奇的問。

「老虎阿強遵守您的命令，周三、周日不可以吃肉。前天是周日，阿強不敢打獵、吃肉；他又不想吃素，因此在家餓著肚子。昨天一早，他出去打獵，看到一隻脫隊的小羊就猛追了過去。追著追著，看到地上有個黑黑的小石頭，不小心踩了下去。『唉喲！』一聲，他痛得倒了下去。仔細一看，踩到的不是小石頭，而是一隻張開黑刺的刺蝟。幾根堅硬的黑刺，刺進了老虎阿強的腳掌，痛得他齜牙咧嘴。黑刺拔不起來，幸而黑猩猩背他去醫院治療，不然老虎阿強就不能走路了。」

獅大王聽了白馬阿駿的報告後說：「為什麼刺蝟在路上要張著刺呢？」

「我聽說好多刺蝟怕突然天地大變，因此不

敢躲在洞裡。他們爬到洞外，個個都緊張得豎起了黑刺，結果害了往來的動物。」

特使白馬阿駿報告完後，狼狗信使阿飛回來了，他對獅大王報告說：「最近有好多動物都受傷了。平日威武的花豹厲厲，抓了一隻綿羊到樹上要當午餐的時候，想到天地大變的日子快到了，驚慌得從樹上掉到地上，結果摔斷了一條腿，現在只能跛著腳走路，沒辦法獵食動物了。」

「山羊阿祥到南山去吃草。他一邊爬山，一邊想到九月九日就快要到了，結果

一不小心從山坡上滑落到山下，膝蓋摔裂了，被送到醫院去。」

「拉車的驢子阿茂，想到大災難就要來臨，每天都沒辦法睡覺。上了幾次醫院治療，吃了好幾包的安眠藥，也不能安心睡覺。現在他已經瘦到皮包骨，沒辦法做拉車的工作了。」

阿飛報告完後，其他的特使也陸陸續續的回來報告，大部分都是動物們慌亂的訊息。

獅大王聽了這些報告，憂心忡忡，好幾天都沒吃東西。

「怎麼辦呢？怎麼辦呢？」他一直想著這個問題。

誰違背獅大王的命令？

獅大王通告周三、周日全體動物都要吃素，不可以吃肉的消息後，在某個星期三早上，牛家莊的水牛阿寶和太太，把兒子彬彬留在家裡，出門去工作。

他們中午回家吃午飯，沒看到兒子。

「彬彬，彬彬，你在哪裡？」水牛阿寶和太太急了。

「地上怎麼有一灘血呢？」彬彬的媽媽問著水牛阿寶。

水牛阿寶看了看說：「血跡裡有幾根牛毛，難道我們的彬彬被闖進來的動物咬傷了嗎？」

「什麼？孩子的爸，你說我們的彬彬被闖進來的動物咬傷了？」彬彬的媽媽高聲的問著。

「我只是猜測而已，你不要緊張。我們到屋外去找找。」水牛阿寶安撫著太太。

他們到牛家莊的各個角落找，仍舊沒找到彬彬。

「彬彬可能遇害了，我們去找獅大王。」水牛阿寶說。

他們直接到王宮求見獅大王。

「大王大王，今天是星期三，吃素，不可以殺生，可是有的動物卻違背您的命令。我的兒子不見了，可能被捉去吃了。」水牛阿寶說。

「誰那麼大膽敢違背我的命令呢？侍衛長狼狗敏敏接令，你去通知狼狗警官阿諾，盡快把這件事查出結果來。」獅大王發怒的說。

狼狗警官阿諾到牛家莊水牛阿寶的家偵察。他發現血跡往牛棚外延伸。

「你的孩子被抓走了，你看，牛棚外的地面也滴著血。我要順著血滴和聞著血的氣味去找。」阿諾對水牛阿寶說。

警官阿諾帶著二十多隻狼狗部下去找。他們的鼻子很靈，沒多久就追蹤到一棵大樹下。

「彬彬是被捉到這裡來的。」阿諾在樹下望著一棵大樹說。

水牛阿寶和其他的狼狗跟著阿諾來到一棵樹下，也望著樹上。

「阿寶，你的孩子可能被吃了，你看，樹上枝椏間有一灘血。」阿諾說。

大家只見樹上的枝幹間，留有一灘血。

「嗚嗚嗚，我可憐的寶貝啊！」水牛阿寶悲痛得哭起來。

「阿諾警官，到底是誰吃掉我的孩子，請您一定要查出來。」水牛阿寶說。「放心，我一定可以查出。」阿諾安慰著水牛阿寶。

阿諾問問他的部下：「有哪些動物愛吃肉，又有能力把一隻小牛拖到樹上的？」

「大概是花豹吧？」一群狼狗部下一起回答。

「吃了牛肉，身上一定留有牛肉味。好，我們現在到花豹村去，聞聞每一隻花豹的身上有沒有牛肉味。有牛肉味的便把他送到獅大王那兒去。」

大家到了花豹村，先找部落領袖，告訴他獅大王交代的命令後，花豹領袖捷捷，集合全村的花豹一百多隻，排成兩列，請警官阿諾偵察。

阿諾派他的部下去聞聞每隻花豹吐出的氣。

「報告阿諾警官，這一百多隻的花豹，身上都沒有牛肉味。」阿諾的部下說。

警官阿諾聽了，走向花豹領袖捷捷那兒說：「請問你們村子裡的花豹弟兄，總共有幾隻？是否都在這兒？」

「我們全村總共有一百九十六隻。除了老弱的花豹，以及一隻臨時有事不能來的花豹阿蠻外，都在這裡了。」花豹捷捷說。

「花豹阿蠻去哪裡？」阿諾問。

「今早出門到現在，沒看到影子。」捷捷回答。

「他可能在哪裡？」

「也許在森林裡。」

警官阿諾帶領他的部下進入森林裡找花豹阿蠻。

森林裡的樹好茂密，再加上也許花豹阿蠻知道獅大王要捉他，早就躲得不見蹤影。狼狗們雖然不是一下子就可以找到花豹阿蠻藏身的地方，但是狼狗的嗅覺都很好，他們憑著天生靈敏的嗅覺，慢慢的聞到牛肉的味道。

往森林的深處走，牛肉味愈來愈重。最後，大家發現一棵大樹上枝葉茂盛的地方，躲著一隻花豹。

「花豹阿蠻，我們是獅大王派來的使者。獅大王有事問你，麻煩你跟我們去見獅大王。」警官阿諾向花豹阿蠻喊話。

「請問獅大王找我有什麼事？」花豹阿蠻問。

「我們不知道獅大王要問你什麼，你到了就知道。」阿諾說。

阿蠻悶不吭聲，也不下來。

阿諾警官的前肢往前一揮，所有狼狗把花豹阿蠻藏身的那棵樹，層層包圍住。

「阿蠻，請你下來好嗎？」阿諾又開口了。

「我今天想住在樹上，不下去。」花豹阿蠻說。

「獅大王請你過去會談，你不去，可見你做了什麼壞事，心虛不敢見獅大王。如果你不自動下來，我們可要發動強力追捕令了。」阿諾威脅著。

「你們上來捉我啊！」花豹阿蠻知道狼狗沒辦法爬樹，不但不害怕，反而嘲諷狼狗們。

阿諾知道好話是請不動的，於是命令一位飛毛腿的狼狗，回去請大象阿旺宰相來。

沒多久，阿旺宰相來了。

「報告宰相大人，我們已經把違反獅大王命令的嫌疑犯花豹阿蠻圍在樹上了，但是他不肯下來，請您處理。」阿諾向阿旺宰相報告。

阿旺宰相對花豹阿蠻說：「獅大王找你，你為什麼不去呢？你有什麼委屈，可以跟獅大王報告哇！現在我請你下來，不然我就要把你捉下來。」

高高、壯壯的阿旺揚起了長鼻子，準備對著花豹阿蠻把他敲下樹。阿蠻嚇壞了，連忙爬下樹來。

阿諾警官隨即把阿蠻押解到獅大王處。

「你為什麼要在周三違反通告殺生、吃肉呢？」獅大王問。

「對不起，對不起，我錯了。」阿蠻連聲的道歉認錯。

獅大王判花豹阿蠻坐牢三年六個月，並要他賠償水牛阿寶失去孩子的損失。

重賞之下獻妙計

花豹阿蠻違背獅大王的命令事件解決了，但是動物們擔心九月九日天地大變的事還困擾著獅大王。

「阿旺宰相，你有什麼好辦法可以解除大家的恐懼呢？」獅大王詢問大象宰相。

「心病要心藥醫。如果我們能想出讓動物們放心的辦法，大家就不會慌亂了。」阿旺宰相說。

「你有沒有想到讓動物放心的辦法呢？」獅大王說。

「我一時也想不出辦法來，不過所謂『三個臭皮匠，勝過一個諸葛亮』，又說『重金之下必有勇夫，重獎之下必有能才。』我們可以向王國的動物們徵求解決的好辦法。」阿旺回答。

獅大王聽了，便下一道命令：「誰能讓大家免於遭受預言的恐懼，本王將頒給大獎。」

命令公布後，果然就有獻計策的動物上門。

第一個獻計策的是狐狸智多星。

黑狼道士做法事

「報告獅大王，要消除動物們對九月九日的恐懼，可以請道士做法事，並到各處去除妖闢邪，趕走心魔，動物們就不會有煩惱了。」狐狸智多星說。

「好，你就負責去做這件事吧！」獅大王說。

智多星請來了道士和選定做法事的日子後，便告訴獅大王。

做法事的那天，獅大王來到了道場。狐狸智多星請來了黑狼矯矯當道士。黑狼矯矯穿著道服，右手拿著一枝桃木劍，左手抓了一把咒符，登上道壇。他先向四方揮一揮桃木劍，接著把手上的咒符燒了，撒向四方。嘴巴念著：

「天靈靈，地靈靈，太上老君下凡塵。妖魔鬼怪快閃避，免得永遠下地獄。急急如律令發起，

地面萬物無焦慮。」

矯矯說完，接著從口袋裡掏出一把鹽，右腳用力一頓，嘴巴大聲念著「去！」用力把鹽撒向四方。

法事做完以後，智多星對獅大王說：「如果還有動物恐懼九月九日的事，可以請黑狼矯矯到他家去做法事。」

獅大王賞給狐狸智多星和黑狼矯矯許多禮物，希望這一次做法事，能安定民心。

法事做完的幾天後，白馬阿駿特使和狼狗信使阿飛又來報告了。

「報告大王，好多動物一想到九月九日的事，做任何事都心灰意冷。例如兔子跳波，本來很努力的經營菜園，最近很少到菜園去澆水，因此菜園的菜快枯萎了。再如猴子欣欣，他的葡萄園最有名了，不但讓他們一家經常有甜美的葡萄吃，還可以賣到大賣場，讓許多動物有葡萄吃。猴子欣欣想到九月九日的事，工作也沒勁了，群鳥飛來吃葡萄，他也懶得驅逐了。」白馬阿駿說。

「報告大王，最近動物們結婚的事少了很多，已經結婚的動物也不想生孩子了。他們說既然世界末日快來了，幹麼結婚增加麻煩？幹麼生孩子，讓孩子受苦？」狼狗阿飛說。

獅大王聽了這些報告，覺得頭大了。他說：「上次做的法會，難道沒有功效嗎？」

獅大王找來大象宰相阿旺，要求他再想想有沒有其他更好的計策，讓動物們的恐懼消失。

〈讚頌歌〉消除恐懼

在大象宰相阿旺的尋訪下，第二個獻計策的是長頸鹿高高。

「報告大王，心靜自然心安。我建議大王召集子民，仿照人類的天主教、基督教，利用周日唱聖歌、做禮拜，讚頌天公、讚美地母，忘掉九月九日這些凡間的一切苦難。」高高說。

「忘掉九月九日將到的事，這會不會是鴕鳥策略？」獅大王問。

「報告大王，現在動物們個個心情煩悶，也許長頸鹿高高的建議有效果。大王領導大家唱唱歌、讚頌天公、讚美地母，好像可以喚起子民的信心，撫慰子民的恐慌。」宰相阿旺說。

「好吧，那就由長頸鹿高高策劃來做做看吧！」獅大王說。

長頸鹿高高選定了一塊可以容納千位貴賓的台地廣場當場所，然後邀請獅大王和所有參與的動物出席讚頌天公、讚美地母。

讚頌會開始了，高高先請獅大王致詞。

獅大王走上台地的廣場前，看到台下是黑壓壓的無數子民，他的雄心也振奮起來。他大聲的說：「各位同胞，今天的讚頌天公、地母大會，除了感謝天公、地母長久以來愛護我們之外，也希望在讚頌會中讓大家能了解天公和地母是我們的保護神。當我們有什麼災難的時候，天公和地母會慈祥的幫我們解決。希望各位同胞，在讚頌會完畢後，都可以過著平安、快樂的生活。」

獅大王說完，得到大家的熱烈掌聲。接著高高領導大家唱〈讚頌歌〉：

慈悲的天公，慈祥的地母，
您們是我們的救世主，
您們是我們的保護神。
我們有了您們，
生活可以得到安頓；
我們有了您們，
生命可以獲得永存。
慈悲的天公啊，請您多多照顧我們；
慈祥的地母啊，請您多多愛護我們。

讚頌會完畢後，獅大王傳令各部落首長，每個星期天早上，要帶領部落的動物唱〈讚頌歌〉。動物王國的動物們，大家在安詳、平和的歌聲中，心情安定下來，終於回復到以前一樣，睡得著、吃得下、能工作的日子了。獅大王看到動物們已恢復正常，高興下，特別重賞了長頸鹿高高和大象宰相阿旺。

兔子跳波的菜園

跳波是一隻兔子的名子。由於他跳躍的形狀美得像海水波浪的行進，所以大家就叫他「跳波」。

跳波的菜園在兔子村裡。菜園裡種了許多跳波愛吃的胡蘿蔔、萵苣、高麗菜等。

周三的早上，跳波知道動物都吃素，不可以打獵吃葷的，因此一早就安心的從兔子洞裡鑽出來，跳到菜園裡吃早餐。

吃過早餐後，跳波看到狐狸阿狡向他的菜園走來。

「跳波，早。」狐狸阿狡說。

「早。」跳波也向阿狡打招呼。

「跳波，你種的菜又長得像以前一樣好了，恭喜你。」阿狡露著諂媚的笑容走來。

「謝謝你。」跳波看著阿狡出現在菜園裡，心裡想著，不知阿狡有什麼打算。

「上次我看到你菜園裡的菜，有的枯萎，有的被蟲吃了，但最近的菜又長得欣欣向榮了，有什麼種菜的祕訣嗎？」

跳波知道阿狡在挖苦他上次意志消沉，擔心九月九日來臨的事，就說：「自從參加了讚頌會，唱了〈讚頌歌〉後，我的頭腦忽然清明了，每天的工作也正常起來。」

「跳波，你提到讚頌會唱了〈讚頌歌〉後，頭腦忽然清明，我請問你，如果九月九日的天地大變真的降臨，你還會賣力的經營菜園嗎？」

跳波被問得說不出話來。

「再過兩、三個月，九月九日就來臨了。九月九日天地大變，假如我是你的話，我就會把握『及時行樂』的原則，賣掉菜園，拿回一筆錢，到各處去旅行，犒賞自己一生的辛苦。反正九月九日一來，大地什麼都沒有了，現在何必認真工作？」狐狸阿狡說。

跳波聽了狐狸阿狡的話，覺得有道理，但是並沒有答腔。

狐狸阿狡看了看跳波後又說：「假使你有意要賣掉菜園，我倒可以幫忙介紹出價好的買主。怎麼樣？跳波？」

「我考慮看看，明天再回答你。」跳波說。

第二天早上，跳波一來到菜園，就看到狐狸阿狡在菜園裡等他。

「早哇，跳波。你昨天回去後，考慮得怎麼樣了？」狐狸阿狡問。

「我還是猶豫不決。如果大災難鐵定來，賣掉菜園還有道理；如果大災難不會來，我何必賣掉菜園呢？」跳波說。

「我最近在想，九月九日的天地大變，百分之九十九一定會來。」阿狡說。

「為什麼？」跳波問。

「你想，天文學家貓頭鷹阿睿，年紀也不大，而且平常沒聽說過有什麼病痛。為什麼他在夜間觀察天象的時候會突然中風？一定是發現九月九日那天的大災難，肯定無法逃避而嚇死。如果大災難不會發生，他怎麼會嚇死？」

狐狸阿狡停了一下又說：「獅大王曾夢過被海嘯追擊，他也辦了法會和讚頌會。讚頌會只是要安撫我們而已，其實英明的獅大王，早就判定大災難一定會來。大災難來時，他要躲到哪裡去？可能獅大王已經想好了。我們這些呆鴨子的百姓，不要只懂得聽話，也應該為自己的生命和前途想想。」

跳波聽了，想了想說：「如果大災難一定會來，我把菜園賣了，拿了錢後，要到哪兒去躲避這個大災難呢？」

「我聽說幾百公里外有一座大山，大山裡有一座鐘乳石洞。洞裡除了有漂亮的鐘乳石外，還有清澈的地下溪流。那兒四季如春，又有大山保護，住在那裡可以說是像仙境一樣，不必怕任何災難的降臨。你可以利用賣掉菜園的錢，坐車或搭船到那兒去享福，躲避這次的大災難。九月九日過了以後，如果沒有什麼大災難，你想再回兔子村也可以。」

「你能陪我去鐘乳石洞裡避難嗎？」跳波問。

「如果我有空，當然非常樂意。」狐狸阿狡說。

「那麼有誰會出好價錢買我的菜園呢？」

「我的堂弟狐狸阿祥曾提過要買菜園。大災難要來了，大家都想賣掉家產換成錢。你如果決定要賣，我今天就過去幫你們撮合，讓你的菜園賣個好價錢。」

「那麼就麻煩你了。」跳波心動了，便拜託阿狡賣掉菜園。

沒幾天，菜園過戶的手續都辦好後，阿狡給了跳波一包錢。

「這些是你菜園的錢。」阿狡說。

「這包錢怎麼比談好的少呢？」跳波數過錢後說。

「你總應該付介紹費吧？」阿狡說。

菜園賣了十多天，跳波並沒有到幾百公里外的鐘乳石洞去避難，因為阿狡說他很忙，沒辦法陪跳波去。

阿狡忙著什麼呢？忙著經營跳波的菜園。因為他說他的堂弟狐狸阿祥忽然不想買了，他只好接收菜園了。

猴子欣欣的葡萄園

猴子欣欣在猴子村裡有一座葡萄園。葡萄成熟時，猴子欣欣一邊吃葡萄，一邊督促請來幫忙採葡萄的園丁趕快工作，真是快樂極了。

一天早晨，猴子欣欣又到葡萄園去工作。他用紙把一串一串還沒成熟的葡萄包起來，以免葡萄被鳥吃了。正在工作的時候，看到狐狸阿狡出現在他的葡萄園裡。

「早哇！欣欣。」阿狡說。

「早，阿狡。」欣欣也向阿狡打招呼。

「你的葡萄長得好好，今年一定會大豐收。」阿狡說。

「謝謝。」欣欣有禮貌的回答。

「欣欣，你種葡萄，除了葡萄自己吃和拿出去賣以外，還拿它做什麼？」

「釀酒哇！你不知道葡萄酒很好喝嗎？喝少一點，又可以補身體。」

「怎麼釀呢？」阿狡問。

「摘下葡萄洗乾淨，曬乾水分後，放到罈子裡，加上糖後密封起來。過了一個多月後，就有美酒可以喝了。」欣欣得意的說。

「這種酒好喝嗎？」阿狡問。

「好喝極了。」欣欣說。

「你現在可以賣我一些喝喝看嗎？」狐狸阿狡說。

「好。雖然我現在要整理葡萄，但是遇到買酒的顧客，我可以先賣酒。」猴子欣欣說。

阿狡買了一罈酒，喝了一口說：「真的是美酒。欣欣，我敬你一杯。」

阿狡盛了一杯酒給欣欣。

阿狡和欣欣一杯杯的喝著，欣欣有了醉意。

「欣欣，你對獅大王提到的九月九日天地大變的事，有什麼看法？」阿狡問。

「我們已經跟隨獅大王向天公、地母祭拜，而且也唱過〈讚頌歌〉，大災難應該不會發生的。」欣欣說。

「我覺得大災難一定會降臨！」阿狡說。

「為什麼？」欣欣問。

「你想，天文學家貓頭鷹阿睿，年紀並不大，而且平常沒聽說過他有什麼病痛。為什麼他在夜間觀察天象的時候會突然中風？一定是發現九月九日那天的大災難，肯定無法逃避而嚇死的。如果大災難不會發生，他怎麼會嚇死？」

阿狡停了一下又說：「欣欣，假使大災難一定會來，你是選擇賣力經營葡萄園，或是賣掉葡萄園而享受最後階段的生活呢？」

欣欣被問得說不出話來。

「再過兩個月，九月九日就來臨了。九月九日天地大變，假如我是你的話，我就會把握『及時行樂』的原則，賣掉葡萄園，拿回一筆錢，到各處去旅行，犒賞自己一生的辛苦。反正九月九日一來，大地什麼都沒有了，現在何必認真工作？欣欣，你說是不是？」阿狡說。

「你說的話雖然有道理，但是大災難快要來了，誰還會有心要買葡萄園，經營葡萄園呢？」欣欣說。

「有的動物有占有欲，他只要當一天的葡萄園主人就感到快樂。至於大災難來的那一天，萬物毀滅，他可能傻傻的沒考慮到。你如果要賣掉葡萄園，我可以幫你介紹買主。」阿狡說。

欣欣沒說話。

「來來來，今朝有酒今朝醉，我們先乾一杯再說。」阿狡又敬了欣欣一杯酒。

「欣欣啊，喝酒多麼快樂！在剩下兩個月的生命裡，花在整理葡萄園上，實在太冤枉了。我要是你，就賣掉葡萄園，換成錢來好好的享受最後生命的日子。」阿狡又說。

有點醉意的欣欣，聽了阿狡的話後覺得有道理，但還是沒有回答。

阿狡看了看欣欣後又說：「我有個堂弟就是笨得可以，他只要當一天的葡萄園主人就高興了。大災難要來了，你要好好把握這個機會賣掉葡萄園，享享清福，不要再花力氣工作了！」

「我考慮考慮。上次我聽到大災難要來，就全身沒勁，不想整理葡萄園了，如果大災難一定會來，我當然不想工作。」欣欣說。

「聽說有好多動物怕大災難來，因此想趕快賣掉手邊的家產，換取現金。不過要買的動物太少了，幸好我知道我堂弟要買。你如果想賣掉葡萄園，可不可以先寫個委託書，讓我趕快去替你處理？」阿狡說。

「好哇！既然大災難一定來，我留著葡萄園也沒用，乾脆把它賣了。」

猴子欣欣說。

欣欣寫了委託書拜託阿狡把葡萄園賣掉。然後阿狡拿著委託書告別了欣欣。

過了幾天，狐狸阿狡把賣葡萄園的錢交給猴子欣欣，欣欣的葡萄園就轉換了主人。

阿狡常常去整理葡萄園。猴子欣欣無意中發現了，問說：「你不是把我的葡萄園賣給你的堂弟了嗎？」

阿狡說：「我的堂弟忽然不想買。為了幫你解決煩惱，我只好自己出錢買了。」

黑狗守成的大賣場

動物王國有一間大賣場，那是黑狗守成開的。大賣場裡賣的東西應有盡有，除了吃的蔬菜、米、麵、水果等等日常食物外，也有寵物飼料及牙刷、牙膏、毛巾等日常用品。大老闆黑狗守成，為了批貨、賣貨，每天忙得團團轉。

一天，黑狗守成又好早就到大賣場工作。

「早哇，大老闆。」

「早，兩位貴客。」

「我是狐狸阿狡，他是黑狼犞犞。我們上門買東西，順便想趁大老闆空閙的時候，跟您談談緊急的事情。」

「什麼緊急的事情？」黑狗守成問。

「再過兩個多月後，就是九月九日。您知道九月九日會發生大災難嗎？」狐狸阿狡說。

「我聽說了，可是我忙得把它忘了。」守成回答著。

「怎麼可以把它忘了？那可是攸關生命和財產呢！」

阿狡又說：「那天一到，可能天崩地裂，大地毀滅，您想做生意也做不成了。不但沒有動物上門買東西，也許您的店和所有的東西都會被毀掉呢！」

「有這麼嚴重嗎？獅大王不是為我們祈禱過，要我們唱〈讚頌歌〉了嗎？」守成說。

「上天要毀滅我們，您以為靠祈禱和唱〈讚頌歌〉就可以避免嗎？」黑狼矯矯插嘴說。

守成迷惘的站著，好久說不出話來。

「大老闆，您的公司這麼大，您的生命也特別貴重，我們覺得您要好好的處理這件事，才是聰明的做法。對了，最近貴公司送來寄賣的東西，有沒有減少呢？」阿狡說。

「是少了些。像常常供給蔬菜的兔子跳波，供給葡萄的猴子欣欣，都不再送貨來了。」守成說。

「您知道為什麼兔子跳波不再送菜，猴子欣欣不再送葡萄來的原因嗎？」阿狡問。

「什麼原因呢？」守成反問。

黑狼矯矯插嘴說：「當然就是九月九日要來，他們趕忙把菜園和葡萄園賣了，想著怎樣度過災難前的好日子，不再笨得只會埋頭工作了。」

黑狗守成聽了，發呆著，站著不說話。

「大老闆，九月九日的事，您可要為自己好好的考慮考慮大賣場怎麼處理，不要等災難來臨時，整個大賣場被毀掉，白費了兩代

的苦心。明天早上我再來拜訪您。」狐狸阿狡說。

第二天一早，狐狸阿狡和黑狼矯矯又到黑狗守成的大賣場。

「大老闆早。」阿狡和矯矯向黑狗守成打招呼。

「早。」守成也有禮貌的回禮。

「昨天晚上睡得好嗎？」阿狡問。

「怎麼睡得好呢？我聽了你們提起九月九日的事，整晚都翻來覆去睡不著覺。」守成說。

「其實您也不必煩惱得睡不著覺，只要下定決心把它賣了，轉換成大把

的鈔票，那不就解決問題了嗎？」矯矯說。

「你們知道為什麼我父親為我起名字叫『守成』嗎？俗語說『創業維艱，守成不易』，我父親要我對這大賣場的事業守住，不要輕易放棄。」守成說。

「在這大災難來臨前，賣掉大賣場，換得好多錢，全家可以遠走高飛，過著幸福的日子，這是懂得變通的處理，怎麼是對事業的輕易放棄呢？何況您有了錢，安全的度過九月九日後，也可以轉投資別的事業，例如開設銀行等。」阿狡說。

守成想了一下說：「有誰會想買我的大賣場呢？」

阿狡說：「只要您想賣，我們會盡量替您尋找買主，而且一定要他出好價錢。」

守成聽了仍沒有表示意見。

矯矯說：「大老闆，九月九日只剩兩個月就要到了，為了家人的幸福，您要趕快下定決心處理，不要優柔寡斷，誤了大賣場，又誤了家人。」

黑狗守成想了想說：「我今天再考慮一天，明天給你消息。」

第三天一大早，狐狸阿狡和黑狼矯矯就到黑狗守成的大賣場。

阿狡和矯矯看到守成來了，異口同聲的說：「大老闆早，考慮得怎麼樣？」

「早，我覺得暫時還是不要賣。謝謝你們的關心。」守成說。

「離九月九日還有兩個月，您如果考慮要賣，再通知我們好啦。」阿狡聽了黑狗守成的話，遺憾的說。

酷熱卻犯大水的怪異天氣

七月的天氣，太陽直照地面，地面被照得冒出閃閃的絲絲熱氣。動物們受不了熱氣，紛紛躲到樹下或泡在河裡避暑。狼狗信使阿飛往獅大王的住處去，一路上不停的吐著舌頭，哈出熱氣。

「報告獅大王，大地太熱了，動物們都說，九月九日的天地大變，是不是提早來了呢？」阿飛對獅大王說。

「七月，本來就很熱。前年的七月，不也是火傘高張，大家都躲到樹下或泡在河裡避暑？」大象宰相阿旺說。

阿飛說：「報告宰相，今年的七月更熱了。好多小溪沒水了，菜園裡的泥塊也被晒得裂開。一些動物們說，我們是不是要遷移，搬到較不熱的地方去生活呢？」

獅大王聽了信使阿飛和宰相阿旺的話後說：「七月的天氣本來就比六月熱，不過今年似乎有點反常，熱得大家都快受不了。如果天氣再這樣熱下去，為了大家的生活和生命，我們得想想辦法度過這個大熱天才好！」

火熱的天氣仍然繼續著，草原的草快枯乾了，大樹缺乏水的滋潤，也垂頭喪氣的。

「不好了，不好了，獅大王，南山的草原失火了！」有一天中午，阿飛飛也似的趕來報告。

「趕快發動大家去滅火！」獅大王聽了發出緊急命令。

宰相阿旺趕忙發動一群大象吸水去滅火，並指揮其他動物去打火。忙了大半天，終於把火勢控制住，不讓大火延燒到別處去。

第二天，南山的草原燒光後，不再冒出火星和黑煙，但是大地更熱了。

「阿旺宰相，前天狼狗阿飛提到有些動物建議大搬遷，你的看法如何？」獅大王問宰相阿旺。

「搬遷是一件大事，大動物還好，小動物就有困難。因此，除非這兒沒辦法生存下去，我們才考慮搬遷。何況，搬到哪兒去，也是事先要考慮的事。」宰相阿旺說。

「好，我先傳白馬阿駿和大冠鷲阿鷹到外地去，找找看有沒有適合的地方供我們搬遷。」

獅大王派白馬阿駿往南方去找，大冠鷲阿鷹往北方去找。

狼狗阿飛又來找獅大王了。

「報告獅大王，魔法師狼狗賈利託我轉告想晉見大王，他說他有辦法使用魔法讓天空下雨，消除大地的熱氣。不知大王是否能傳喚他？」

「任何動物，只要能消除大地熱氣，我都歡迎他。」獅大王說。

魔法師賈利在狼狗阿飛的引領下，晉見了獅大王。

「報告獅大王，最近天氣太熱了，如果能下幾場大雨，就可以消除熱氣，而且也能讓花草樹木恢復生機。我曾學過魔法，希望有機會施展法術，讓天空下雨，消除大地熱氣。」魔法師狼狗賈利說。

「謝謝你的好意。請問你要如何施展法術讓天空下雨呢？」獅大王誠懇的請教魔法師賈利。

「請大王建一個道壇，準備幾樣祭拜的水果就可以了。」賈利說。

宰相阿旺依照魔法師賈利的建議布置道壇和準備水果。接著賈利帶了一些道具上場。

賈利拿著桃木劍登上道壇，他先祭拜了四方神明後，燒起幾捆翠綠的藥草。香香的味道傳出來，灰色的煙飄向天空。賈利一邊揮著桃木劍，一邊念起咒語來。施法了一陣子，沒看到有什麼效果。大家正在失望的時候，說也奇怪，不知是巧合，或是魔法有效了，本來豔陽高照的天空，忽然間，太陽的威力減弱了，四方黑雲興起，慢慢的遮住了太陽，然後淅瀝淅瀝的下起雨來。

「哇！下雨了，下雨了！萬歲，萬歲！」旁觀的動物們都高興得叫起來。獅大王和宰相阿旺也都高興得鼓起掌來。

雨愈下愈大，獅大王和阿旺宰相及參觀的動物們，全身都被淋溼了，大家趕忙找地方躲雨。雨，仍一直下著，地面的熱氣消了，漸漸的，地面出

現的積水愈來愈多。

「好了好了，魔法師，可以讓雨暫停了。」獅大王對還在道壇上的魔法師賈利說。

「好的。」魔法師賈利停下了祈雨咒語，改念停雨咒語。

「水災了，水災了！」參觀的動物們叫起來了。

魔法師雖然不停的念著停雨的咒語，但是好像失靈了，大地積了三十公分以上的雨水。魔法師著急的臉上，一顆顆的大汗

珠不停的滾落下來。

雨，不停的下著，老鼠的洞裡灌滿了水，成群的老鼠從洞裡爬出來，拚命的游到高地去。怕水的貓，也趕忙爬上樹去躲水。一隻一隻本來蓬鬆、漂亮的綿羊，全身的毛被淋得黏在背上，就像沒有毛、剛出生的可憐羔羊。

「魔法師，為什麼大雨沒法子停呢？」獅大王問。

「我也不知道為什麼魔法不靈！」魔法師狼狗賈利說完，倉皇的爬下道壇。

雨仍舊不停的下著，地面的水也愈積愈多。有些早先造了船的兔子、土撥鼠等小動物們，紛紛把船划了出來。沒有船的小動物，泡在水裡，載浮載沉。大象宰相阿旺趕忙要所有的大象和長頸鹿，當水裡的大船，救起這些溺在水裡的小動物。

大雨就這樣下了兩天，動物王國也泡在水裡好多天，一直到水退光，大家才能再過正常的生活。這波的炎熱雖然不見了，但是水災卻令大家受不了。

「這是不是九月九日天地大變的前兆呢？」好多動物都這樣傳著。

動物們的盤算

七月底，熾熱的太陽又出現了。幸而地面由於水災的關係，不再冒熱氣，使動物們不會像上次置身在烤箱裡一樣，上下烤得受不了。

特使大冠鷲阿鷹飛回來了，他向獅大王報告說：「離我們有七、八百公里外的北方，有一塊大草原，那兒天氣比我們這兒涼爽。如果考慮搬遷，倒可以考慮搬到那兒去。」

「那兒土地夠廣大嗎？能不能容納我們所有的動物呢？水資源如何？夠我們所有動物飲用嗎？吃的東西如何？」獅大王問。

「那兒有草原，有丘陵，有平地，土地倒是很寬闊，應該可以容納我們

所有的動物。至於水源問題，那兒有一座大湖，也有幾條河流，似乎夠我們飲用。不過吃的東西夠不夠，那就沒辦法估計了。」

「謝謝你看得這麼仔細，也報告得非常周密。如果我們想搬到那兒，到時候再麻煩你提出更周密的計畫。」獅大王說。

過了幾天，白馬阿駿從南方風塵僕僕的趕回來了。由於馬不停蹄的趕路，因此白毛沾上了黃塵、灰土，白馬變得好像一隻黃馬或灰馬。

「報告大王，我到了離我們這兒大約千里左右的南方去看，那兒比我們這兒熱多了。那兒的動物，除了住在雨林的地方外，每隻動物都被晒得病懨懨的。那兒的食物也不夠，每隻牛、馬都瘦得可以看到骨頭。我覺得不太適合我們搬過去。」

「謝謝你辛苦的奔波和報告。」獅大王說。

獅大王聽了兩位特使的報告後，找來大象宰相阿旺商量要不要搬遷的事，以及如果要搬遷，應搬到哪裡較妥切？正在這時候，新上任的氣象官貓頭鷹方方來了。

「報告獅大王，最近我觀看天象，發覺夜晚的天象很特殊。金星、水星、火星、木星連成一條線，不知會引起什麼變動？前天夜晚，彎彎的上弦月出現在兩顆大星星的正下方，好像一幅哭喪的臉。昨天夜晚天空下起流星雨，好多的星星由東而西滑過天空，散發出一道道的光芒。這樣的天象，非常奇特。看到這個現象的動物都忐忑不安，認為是上天警告我們，要注意九月九日天地大變的事。」貓頭鷹方方說。

「依你看，這三種天象是上天要告訴我們什麼呢？」獅大王問。

「我不敢亂猜上天要告訴我們什麼，也許這只是大自然的巧合。到目前為止，我看不出它會帶給我們什麼禍害。不過，這種天象還是會影響大家心理的。」方方恭敬的回答。

「你父親貓頭鷹阿睿看了天象，寫下九月九日天地大變的訊息後就突然中風，變成植物貓頭鷹。你認為『天地大變』是在說什麼？」獅大王又問。

「我父親的天文知識比我高明，『天地大變』在說什麼，就不是我能了解的了。」方方回答著。

這時候狼狗信使阿飛來了。

「報告獅大王，最近動物們又開始心浮氣躁，都在盤算怎樣度過九月九日天地大變的日子了。」狼狗阿飛說。

「怎樣心浮氣躁呢？」獅大王問。

「好多動物又為了九月九日快要來臨的事而緊張得睡不著覺，常找醫師開安眠藥。有的動物不安得賣掉家產，懶懶散散的不肯工作。」

「誰賣掉家產呢？」獅大王又問。

「上次兔子跳波賣掉菜園，猴子欣欣賣掉葡萄園，最近黑馬阿丹賣掉他的馬廄，黃牛阿原賣掉他的牛房，山羊阿咩賣掉他的草原。」狼狗阿飛說。

「你說他們盤算怎樣度過九月九日天地大變的日子。到底他們怎麼盤算呢？」

「我聽說狐狸阿狡正發起搬遷運動，預定招募二百家的動物，搬遷到百里外的鐘乳石洞裡去。收費很高，每隻動物要繳一百金。黑狼矯矯打算造大船，開向外海去避難。想上船的動物，要繳交上船費。」

「大象宰相阿旺，九月九日天地大變再一個多月就要到了，動物們又起了恐慌症，你覺得要怎麼處理？」獅大王聽了狼狗信使阿飛的報告後，問起身旁的大象宰相。

「報告大王，雖然我不知道九月九日天地如何大變，但是所謂『有備無患』，以及『群策群力』，我覺得還是再次召集重要幹部及各部落首領來開會，商量出好的對策吧。」阿旺宰相說。

獅大王聽了之後，便下命令傳各重要幹部及各部落首領，第二天一早來開會。

再度召開緊急會議

第二天一早，動物王國的重要幹部和各部落首領齊聚一堂後，獅大王出來對大家說：「各位愛卿早，據說最近動物們又為了九月九日的事而恐慌。請大家來開會，就是要聽聽各位的意見，並商量出解決的辦法。現在請大家發表意見。」

灰狼阿冒首先說：「自從旱災、水災過後，天氣雖然好多了，可是有些動物一提到九月九日快來的事，又開始不安了，吃也吃不下，睡也睡不好。希望大王能提出解決的辦法。」

老虎阿強說：「獅大王，大前天夜晚，下弦彎月出現在兩顆星星下，呈現出一幅哭臉，那就是上天告訴我們，災難一定會來的，上天先難過得哭起來了。我覺得我們一定要趕快想出應對的辦法。例如搬遷到別的地方去生活，逃開這次的災難。」

「聽說特使大冠鷲阿鷹找到了一個避難的好地方，我們是不是可以考慮搬遷到那個地方去避難？」黑熊胖胖說。

「狐狸阿狡正在招募搬遷的成員，已有好多動物報名參加。大王是否也可以發起大搬遷呢？」山羊咩咩說。

「搬遷離開我們這兒，到新的家園去，那兒就能避開九月九日天地大變嗎？好像不是肯定可以避開的事。」猴子聰聰說。

獅大王聽了大家的意見後說：「大象宰相阿旺，你聽了大家的意見後，有什麼看法？」

「搬遷雖然也是一個辦法，可以治療大家的恐慌症，但是正如猴子聽聽說的，搬遷到了新家園，新家園不是也仍在天地之間嗎？九月九日天地大變，新家園難道就能躲開災難嗎？治療恐慌症，上次唱〈讚頌歌〉效果還不錯，是否再加強推行唱〈讚頌歌〉？」阿旺宰相說。

「我覺得我們從祖先開始就住在這兒，到現在已經千百年，也沒遇到什麼天地大變的事。我贊成留在這兒。」松鼠跳跳說。

獅大王聽了大家的意見後說：「綜合大家的看法，這件事可以這樣處理：首先是請各位繼續推行唱〈讚頌歌〉，安定動物們的心，其次是討論『搬遷』的事。贊成遷移到外地去的請舉手。」

獅大王數了數在場開會舉手的代表，發現超過一半以上的贊成搬遷。他說：「搬遷的事，贊成的比較多。」

獅大王停了一下說：「我覺得想搬遷的就搬遷，想留下的就留下。我也曾想過搬遷的事。前些天我請大冠鷲阿鷹和白馬阿駿到各處去巡查，看看有沒有理想的地方供我們搬遷。大冠鷲阿鷹發現離我們這兒七、八百公里外的北方，有一塊大草原，那兒天氣比我們這兒涼爽。如果考慮搬遷，倒可以考慮搬到那兒去。」

獅大王又說：「各位代表，你們回去後，先做調查，看看有幾位想搬遷，然後向大象阿旺宰相報告，由大象宰相負責搬遷

的事情。要搬遷的同胞，希望最慢八月五日前出發。至於想留下的同胞，就請安心的留下，我會陪他們的。」

「報告大王，搬遷的事我會負責處理，但是我希望留在舊家園，因此是否可以從搬遷的幹部或各部落領袖中，挑選適當的代表當隊長？」阿旺宰相說。

「好哇，這件事由你全權處理。」

獅大王報告完後，來開會的代表就各自回去調查和準備了。

貓熊、無尾熊的煩惱

貓熊嘉嘉和無尾熊莉莉都是動物王國的嬌客。這兩種熊，跟一般的黑熊、北極熊等吃肉的熊並不一樣，他們不吃肉，個性很溫和。

貓熊嘉嘉的外形像熊，腦袋又圓又大，樣子像貓。身體的腹、背是白色，四肢、耳朵、鼻子是棕黑色。前肢的棕黑色一直連到背部，像一條黑帶子包到背上去。兩顆眼睛的旁邊有個黑黑的眼圈，好像戴著一副近視眼鏡。整體給人的印象是憨厚、笨拙、可愛。他的食量很大，一天可以吃下十多公斤竹子。

無尾熊莉莉沒有尾巴，全身棕灰色，鼻子是棕黑色。橢圓的外形裡最引

人注意的是頭上那兩片平伸、大大的招風耳，像兩團大棉花貼在頭上。嘴角上翹，使人感覺他正在微笑。白天大部分趴在樹上睡覺或休息，整體給人的印象是溫和、愛睏、可愛。他最愛吃尤加利的嫩葉。

他們兩個平常都慵慵懶懶的，聽到動物王國將在九月九日下午兩點遇到天地大變的消息時，並不怎麼恐慌，但是聽到獅大王要各部落領袖調查願意不願意搬遷的消息後，卻都好煩惱。

「莉莉，你要不要搬遷到北方去

呢？」貓熊嘉嘉問無尾熊莉莉。

「我不想離開這兒。我擔心搬到新的地方去，沒有尤加利樹葉可吃，會餓死的。嘉嘉，你會想搬到新地方去嗎？」莉莉說。

「我也不想搬到新地方去。我也擔心搬到新的地方去，沒有竹子供我吃。」嘉嘉說。

「不過，我們如果不搬家，這裡天地大變時，萬一來個海嘯或火山爆發，把我們住的地方淹沒或覆蓋，那我們就沒得活了。」莉莉擔憂的說。

「但是，要跟著大夥兒遷移，我們的行動緩慢，一定也趕不上隊伍的。」嘉嘉說。

「那我們該怎麼辦呢？」莉莉問嘉嘉。

「大象宰相阿旺親切又有智慧，我們去問他好嗎？」嘉嘉說。

「好哇！」莉莉回答著。

他們兩個緩緩的移動著身體，到了大象宰相阿旺的官邸，並把來意告訴了阿旺宰相。

宰相阿旺聽了之後，想了想說：「這是一件兩難的事。你們兩位的動作確實比一般動物慢了一些。如果搬遷的時候跟一般動物一起行動，可能也跟不上隊伍；如果不搬遷，你們又怕災難一來，沒辦法活。這樣好啦，假使你們決定搬遷，我請駱駝或駿馬馱

你們去好嗎？不過新的地方是否有你們要吃的竹子、尤加利樹葉，就不知道了。」

「報告宰相，災難是不是一定會來？」貓熊嘉嘉問。

「貓頭鷹阿睿說的天地大變是怎樣，這我就不知道了。」

「如果災難不一定來，我們是不是不搬家較好？」無尾熊莉莉也問。

「災難不來，當然不必辛苦搬遷。」

「請問宰相先生，您要不要搬遷？」嘉嘉問。

「我要鎮守家園，不打算搬遷；除非獅大王命令我帶領搬遷的隊伍。」

「謝謝宰相大人告訴我們。」嘉嘉和莉莉不約而同的說。

嘉嘉和莉莉回家後，對搬遷或不搬遷仍舊猶豫不決。為了這件事，他們吃也吃不下，睡也睡不好。沒幾天，身體都瘦了好多。

動物大遷移

各部落領袖開完會回去後，便著手調查和準備搬遷的事。各部落的動物，有的贊成搬遷，有的也反對搬遷。

大象宰相接到各部落領袖的搬遷數量報告後，請獅大王的弟弟獅小龍當隊長，想遷移的各部隊領袖當分隊長，然後安排上路的先後次序。

八月五日那天，搬遷開始了。首先是請大冠鷲阿鷹在天空巡邏當嚮導，並負責傳遞前後方消息。接著安排長頸鹿隊在前開道，由長頸鹿高高在前負責。長頸鹿體型又大，頸子又長，各個都很高，看準前方的目標後，便大步的向前走，不會走錯路。其次跟在後面的是老虎隊、黑熊隊、大象隊、黃牛隊、駱駝隊、狼狗隊、狐狸隊、兔子隊、獅子隊……。

獅小龍隊長派了多位強壯的獅子負責巡邏和保護大隊伍前進。過了近一個月，隊伍終於抵達新家園。獅小龍把各部落安排好後，已是八月底了。

「報告大王，遷移的隊伍已經順利的到達目的地了。」大象宰相阿旺接到大冠鷲的報告後，轉向獅大王報告。

「辛苦你了，謝謝你。」獅大王說。

「報告大王，狐狸阿狡帶隊到鐘乳石洞避難的隊伍，目前沒什麼消息。至於野狼矯矯的大船，還在建造中，能不能在九月九日前啟用，他們也沒把握。」阿旺宰相又說。

「我知道了，請你再多注意他們。」獅大王說。

九月九日到了！

大家關心的九月九日終於來臨了。一大早，獅大王召集大象宰相和留守的幹部們聚在一起，準備應付下午兩點天地大變的事。

這天一大早，天空晴朗，萬里無雲，實在看不出下午會如何天地大變。倒是獅大王一直注意著遠處的大海。他曾夢到被海嘯追趕的事，到現在還是膽戰心驚。

「阿旺宰相，如果來個大地震，並引起大海嘯，我們要如何應變？」獅大王問。

「報告大王，如果今天下午兩點來個大地震，又加上大海嘯，那麻煩可大了。假設大地震和大海嘯都會來，那我建議大王趕快下令讓所有動物都到高地去，並避免接近海邊。」大象宰相說。

「好，你就代我發下命令，讓大家離開低窪地，一起到高地去。」獅大王說。

宰相阿旺聽了，馬上命令狼狗信使阿飛去轉達獅大王的命令。不一會兒，接到命令的動物，都陸陸續續的走出家園往高地去。

獅大王率領大象宰相和其他幹部到高地後，對大象宰相說：

「大象宰相，貓頭鷹阿睿這麼慎重的留下字條，一定發現到什麼了，不過，這樣好的天氣，除非突然來個大地震或火山爆發，否則我實在猜不出會有什麼大災難。」獅大王說。

「獅大王，臨時來個大地震，那就很難說。所謂『有備無患』，我們躲到高地上，就當作預防演習也不錯。至於火山爆發，應當不會。因為火山爆發前，一定會有好幾天冒黑煙，我們附近的高山，沒有冒黑煙的現象，因此不會有火山爆發的可能。」大象宰相說。

「海裡的火山是否也會爆發？」獅大王忽然提到這個問題。

「海裡的火山要爆發，也應該有先冒煙的徵兆吧？」大象宰相說。

獅大王跟大象宰相在高地談話。時間一分一秒的過去，離預言兩點鐘的天地大變，只剩兩個多小時而已。這時候，好多動物都恐慌起來。有的不停的看著天空，有的不安的走來走去。

天空沒什麼變化。大象宰相看到大家不安的情形後，下令說：「大家來唱〈讚頌歌〉吧。」

所有的動物都唱著〈讚頌歌〉，讚頌天公和地母。

唱了幾次〈讚頌歌〉後，再過一小時就是天地大變的時刻了。獅大王和大象宰相阿旺發現天空起了變化，太陽附近變得暗了起來。

「大象宰相，天地大變的時間快要到了，我們要怎麼應變，請你多多注意。」獅大王說。

「是，獅大王。」大象宰相說。

下午兩點的時刻到了，太陽附近有點烏雲，太陽的光變弱了，天空變成昏黃色。接著大家看到一團黑黑的東西靠近太陽。

太陽好像怕這團黑東西，被這黑東西一碰，就凹了進去，光也減弱。天空和地面都暗了起來。

「哇！天狗吃太陽，天地要大變了！」高地上的動物都這樣叫著。

「不要慌，不要慌，大家唱〈讚頌歌〉。」阿旺宰相下了這道命令。動物們都唱著：

慈悲的天公，慈祥的地母，
您們是我們的救世主，
您們是我們的保護神。
我們有了您們，
生活可以得到安頓；
我們有了您們，
生命可以獲得永存。
慈悲的天公啊，請您多多照顧我們；
慈祥的地母啊，請您多多愛護我們。

動物們唱起〈讚頌歌〉，高地上只聽到一片安詳的歌聲，不再有恐懼的叫喊聲。

〈讚頌歌〉一遍一遍的唱，時間也一分一秒的過去。到了下午四點，被遮住的太陽又慢慢露出臉來，天空和地面漸漸亮了。

「萬歲，萬歲，災難過去了！」高地上的動物們高興的叫著。

獅大王看見動物們那麼興奮，再加上也沒有地震、海嘯，也就跟著放心的笑起來。

「感謝天公、地母的庇佑，讓大家平安無事。」獅大王虔誠的對著天空和大地拜了幾拜。

災難過後

大家擔心的天地大變已過，獅大王對大象宰相阿旺說：「我們有些同胞搬遷到外地去，不知道他們是不是跟我們一樣都平安沒事？」

「過兩天大冠鷲阿鷹就會回來報告。我想，他們應該跟我們一樣都平安的。」大象宰相說。

過了兩天，大冠鷲阿鷹飛回來了。他對獅大王報告說：「報告大王，搬到外地的同胞都平安無事。他們還是想回來舊家園，現在正在出發。」

「辛苦你了，謝謝你兩邊傳遞消息。」

「報告大王，跟著狐狸阿狡到鐘乳石洞避難的同胞回來了，他們有幾位代表要晉見大王，並控告狐狸阿狡詐騙。」狼狗信使阿飛說。

「請他們進來。」獅大王說。

「阿狡怎麼詐騙你們呢？」獅大王詢問幾位進來的代表。

「阿狡把我們帶到一座山谷，然後說，你們繳的一百金已經用光了，你們自己去鐘乳石洞。然後他就溜回家了。」黑豬肥肥說。

「傳狐狸阿狡來。」獅大王下令找阿狡來對質。

阿狡來了，獅大王問說：「你招募的搬遷團員控告你收了昂貴的一百金旅費，卻把他們帶到一座山谷後拋棄不管。你為什麼不帶團員到鐘乳石洞去呢？」

「大王，那是他們走得慢，沒法子到達目的地。」阿狡辯解。

「大夥兒搬遷，你應該早就算好行程速度。鐘乳石洞在哪兒？為什麼只有你知道，大家不知道呢？」獅大王又問。

「鐘乳石洞在一座大山裡，洞口有許多雜草覆蓋，不容易被發現，因此大部分動物都不知道。」

「好，我請老虎阿強、白馬阿駿和大冠鷲阿鷹監視著你，到鐘乳石山洞

去看看。你們回來後，我再處理這件事。」

獅大王說完後，就命令他們四位立刻出發去鐘乳石洞查看。

過了三天，大冠鷲阿鷹飛回來了。

「報告大王，狐狸阿狡帶著我們到山谷團團轉，然後溜走不見，我只好先回來報告。」阿鷹說。

「很明顯的，狐狸阿狡犯了詐欺罪。我判狐狸阿狡有罪，並逐出動物王國。他在動物王國的菜園、葡萄園等家產沒收，充當王國所有。」獅大王作出裁決。

「報告大王，請你把狐狸阿狡的菜園還給我好嗎？」兔子跳波說。

「為什麼？」獅大王問。

兔子跳波害羞的說：「因為、因為它本來是我的菜園，後來我賣給了狐狸阿狡。」

「賣了就不是你的菜園了。」獅大王說。

猴子欣欣本來也要向獅大王要回葡萄園，聽了獅大王回答兔子跳波的話，就不敢提了。

「報告大王，我們要控告黑狼矯矯詐欺。」山羊阿茂說。

「他怎樣詐欺呢？」

「他收了我們許多錢說要造大船，結果到了九月九日，船還不見蹤影。假使那天下大雨淹沒大地，或是大海嘯，我們也沒船可搭，可見這是一個騙局。希望大王判定這是一件詐欺案，要黑狼矯矯把我們付出去的錢還我們。」山羊阿茂說。

獅大王傳黑狼矯矯來對質。矯矯支支吾吾的，說不出合理的理由，於是獅大王也判定黑狼羇羇犯了詐欺罪，判刑一年，並勒令沒收他的財產，把錢還參加的會員。

獅大王裁決完後，貓熊嘉嘉和無尾熊莉莉一跛一跛的走來。

「報告獅大王，我們想告一位老師好嗎？」嘉嘉說。

「老師？老師給人的印象不都是潔身自愛、當別人楷模的嗎？你們為什麼要告老師？」獅大王好奇的問。

「這位老師不是在學校教導孩子的老

師，而是幫人家看風水的黃鼠狼老師。」莉莉補充說。

「黃鼠狼老師做了什麼壞事，你們要告他？」獅大王接著又問。

「他利用這次災難要來臨的機會，蓋了好多間鐵皮屋，每間鐵皮屋貼了幾張寫了符咒的平安符。他告訴我們，這次災難會天搖地動、海嘯侵襲，甚至瘟疫來臨。如果住在貼了符咒的鐵皮屋裡，就可以保平安。要住進這樣的安全屋裡，就要繳避難費。我跟無尾熊莉莉都繳了不少錢。但是九月九日下午兩點，沒有住在安全屋的其他動物，並沒有遇到天搖地動、海嘯和瘟疫。很明顯的，黃鼠狼老師犯了詐欺罪。尤其來躲避的動物太多了，結果把鐵皮屋擠倒，我和無尾熊莉莉的腳被壓傷。黃鼠狼老師不但不關心我們，反而說是我們把鐵皮屋擠壞的，要我們賠錢。」嘉嘉說。

「傳黃鼠狼老師來。」獅大王說完，狼狗阿諾警官飛也似的馬上去黃鼠

狼老師家，把他請來。

獅大王把貓熊嘉嘉和無尾熊莉莉受害的情形說出來，並詢問黃鼠狼老師要怎麼補救。黃鼠狼老師嚇壞了，本來他以為貓熊嘉嘉、無尾熊莉莉跟其他沒知識的動物一樣，都是呆呆好騙的，沒想到他們居然告到獅大王面前。

「『老師』這個詞，是受大家敬重的稱呼。大家尊敬你，稱你為老師，你卻利用這個名義做出騙錢和不負責任的事，這太不應該了吧？」獅大王說。

「是，是，我錯了，我會還他們錢，並願意賠償他們的醫藥費。」黃鼠狼老師回答著。

獅大王見黃鼠狼老師誠意改過，就同意他的請求，並只判他坐牢半年。

預言的啟示

九月九日過了好幾天，沒發現什麼大災害，動物王國的子民也都安定下來。

大賣場的黑狗守成仍做著生意，他慶幸沒把大賣場賣給狐狸阿狡。

兔子跳波沒了菜園，只好替擁有菜園的其他動物工作；失去葡萄園的猴子欣欣，也到擁有葡萄園的動物那兒工作。

黑馬阿丹沒有馬廄，黃牛阿原沒有牛房，山羊阿咩沒有

草原。他們都覺得非常不方便。

「唉，要是沒有貓頭鷹的預言，我們就不會這麼慘了！」兔子跳波、猴子欣欣、黑馬阿丹、黃牛阿原、山羊阿咩都這樣說著。

獅大王問大象宰相阿旺：「中風的貓頭鷹阿睿醒了嗎？」

「沒有。」宰相阿旺回答。

「這次動物王國的慌亂事件，源頭是起於氣象官貓頭鷹阿睿寫的預言。我們

王國需要這樣的氣象官嗎？」獅大王問宰相阿旺。

「報告大王，雖然貓頭鷹阿睿寫了不清不楚的預言害了大家，但是他觀察到九月九日下午兩點日蝕的事，卻是準確的。我們要了解天象，還是需要氣象官的。」

「我可以保留氣象官的職位。不過，你要告訴新的氣象官，發布消息時一定要明確，不要危言聳聽。」

「是。」宰相阿旺回答。

獅大王接著又說：「這次造成動物王國慌亂的事件，我們也有責任。大家一聽到消息，不去求證就信以為真，結果害了別人也害了自己。」於是獅大王下了一道這樣的命令：

「請不要聽信無厘頭的預言。」

國家圖書館出版品預行編目資料

貓頭鷹的預言／陳正治著；林傳宗圖. --初版 . -
台北市：幼獅, 2012.07
面；　　公分. --（多寶槅；186）

ISBN 978-957-574-864-7（平裝）

859.6　　　　　　101001011

・多寶槅186・文藝抽屜

貓頭鷹的預言

作　　者＝陳正治
繪　　圖＝林傳宗
出 版 者＝幼獅文化事業股份有限公司
發 行 人＝李鍾桂
總 經 理＝廖翰聲
總 編 輯＝劉淑華
主　　編＝林泊瑜
編　　輯＝黃淨閔
美術編輯＝游巧鈴
總 公 司＝10045台北市重慶南路1段66-1號3樓
電　　話＝(02)2311-2832
傳　　真＝(02)2311-5368
郵政劃撥＝00033368

門市
・松江展示中心：10422台北市松江路219號
電話：(02)2502-5858轉734　傳真：(02)2503-6601
・苗栗育達店：36143苗栗縣造橋鄉談文村學府路168號（育達商業科技大學內）
電話：(037)652-191　傳真：(037)652-251

印　　刷＝嘉伸印刷股份有限公司
定　　價＝220元
港　　幣＝73元
初　　版＝2012.07
書　　號＝986243

幼獅樂讀網
http://www.youth.com.tw
e-mail:customer@youth.com.tw

行政院新聞局核准登記證局版台業字第0143號

幼獅文化公司／讀者服務卡／

感謝您購買幼獅公司出版的好書！

為提升服務品質與出版更優質的圖書，敬請撥冗填寫後（免貼郵票）擲寄本公司，或傳真（傳真電話02-23115368），我們將參考您的意見、分享您的觀點，出版更多的好書。並不定期提供您相關書訊、活動、特惠專案等。謝謝！

基本資料

姓名：........................先生／小姐

婚姻狀況：□已婚 □未婚　職業：□學生 □公教 □上班族 □家管 □其他

出生：民國..........年..........月..........日

電話：（公）..........（宅）..........（手機）..........

e-mail：........................

聯絡地址：........................

1.您所購買的書名：**貓頭鷹的預言**

2.您通常以何種方式購書?：□1.書店買書 □2.網路購書 □3.傳真訂購 □4.郵局劃撥
（可複選）□5.幼獅門市 □6.團體訂購 □7.其他

3.您是否曾買過幼獅其他出版品：□是，□1.圖書 □2.幼獅文藝 □3.幼獅少年
□否

4.您從何處得知本書訊息：□1.師長介紹 □2.朋友介紹 □3.幼獅少年雜誌
（可複選）□4.幼獅文藝雜誌 □5.報章雜誌書評介紹..........報
□6.DM傳單、海報 □7.書店 □8.廣播(　　　　　)
□9.電子報、edm □10.其他..........

5.您喜歡本書的原因：□1.作者 □2.書名 □3.內容 □4.封面設計 □5.其他

6.您不喜歡本書的原因：□1.作者 □2.書名 □3.內容 □4.封面設計 □5.其他

7.您希望得知的出版訊息：□1.青少年讀物 □2.兒童讀物 □3.親子叢書
□4.教師充電系列 □5.其他

8.您覺得本書的價格：□1.偏高 □2.合理 □3.偏低

9.讀完本書後您覺得：□1.很有收穫 □2.有收穫 □3.收穫不多 □4.沒收穫

10.敬請推薦親友，共同加入我們的閱讀計畫，我們將適時寄送相關書訊，以豐富書香與心靈的空間：

(1)姓名..........e-mail..........電話..........
(2)姓名..........e-mail..........電話..........
(3)姓名..........e-mail..........電話..........

11.您對本書或本公司的建議：

廣　告　回　信
台北郵局登記證
台北廣字第942號

請直接投郵　免貼郵票

10045　台北市重慶南路一段66-1號3樓

幼獅文化事業股份有限公司

請沿虛線對折寄回

客服專線：02-23112832分機208　傳真：02-23115368

e-mail：customer@youth.com.tw

幼獅樂讀網http：//www.youth.com.tw